अमर उदासी की बाईस-तेईस कविताएँ

जीर्ण वैदर्भी

(वायाल सचिन)

KAVYA
PUBLICATIONS

Publisher:

SDR INNOWAYS INDIA PVT. LTD.
667, Rajaward, Kulpahar, Mahoba - 210426

Imprint:
KAVYA PUBLICATIONS
Plot No.107C, Hanuman Khand, Gulabvatika, Behta Hazipur, Loni-UP (Near Dilshad Garden Delhi) NCR - 201102

Mob. : 7905266820
Website : www.kavyapublications.com
E-Mail : info@kavyapublications.com

ISBN : 978-93-6431-349-0

Year : 2025

This book is printed at MTL and published by Ajay Agrawal, CEO of SDR Innoways India Pvt. Ltd. Kulpahar Mahoba with its imprint and centre, Kavya Publications Delhi.

Contents

प्रिय अर्धांगिनी, वैजयंती.
आपको सप्रेम
सस्नेह समर्पित।

1) भ्रमित यात्रा और क्लियोपेट्रा

इस सफर का
यह कैसा भ्रम है
प्यारे सुंदर मित्र
बुद्ध महावीर ईसा
लाओत्ये कन्फ्यूशियस
पदचिन्हित मुकामों का
कृष्ण की माया से
आंचलित सायों का
अजीबो गरीब भ्रम
कई पिरामिडो का
जो खुद खडे है
मरुभुमी की रेत पर
पैरो तले
कंकाल दबाएं
किले हवेलियां
झूलती इमारतों का

रोम यूनान मेसोपोटामिया
हिन्द और सिंध संग
अरबी टोलो का
याद दिलाती
कई क्लियोपेट्रायें
जो पुनः पुनर्जीवित
क्या तुम नहीं हो
यह कैसा भ्रम है
प्यारे सुंदर मित्र
गोबी रेगिस्तान से
टिमटिमाती तुम्हारी आंखे
नाप पाई थी
जापानी महाद्वीपों संग
तलहट मृत सागर का
खैबर हिमालय की
चोटियों में बसे

मनभेद

चोर साधु डाकुओं का
यह कैसा भ्रम है
प्यारे सुंदर मित्र
यां फिर गंगा
अमेजोन नाइल
ह्वांगही प्रवाह का
भर लिया था
शरीर में जल क्लियोपेट्रा
तुम्हारी आंखों ने
यह कैसा भ्रम है
प्यारे सुंदर मित्र
कोलंबिया से
चिली की दक्षिणी
धूनी तक
लंबी बाहे पसारे

एंडीज पर्वत जैसी
कई दार्शनिक सोचो का
क्यों भ्रमित करती है
इस धरातल पर
यहां वह सोच
प्यारे सुंदर मित्र
मासूम सी जिंदगीयों को
भवसागर में बिन आंस
भर ले सांस
क्यों कहती है
वह सोच
प्यारे सुंदर मित्र
यह कैसी धोखेबाजी जालसाजी
चांद मंगल ब्रह्माण्ड तक जाती
सड़को पर यहां
यह कैसे कबाडी पिंजरों में

कैद हृदय

कम्युनिज्म लोकतंत्र
तानाशाही और
हुक्मरानों की दरिंदगी
सारी शिद्दत सी
है ना
प्यारे सुंदर मित्र
स्काईस्क्रेपरो पर
कई मालों में
कैसी अधर लटकी
नंगी बेजान जिंदगी
कैसे कतारों में बसे कस्बे
कैसे रो रो कर
मुस्कराते लोग
और फिर पुनः
याद दिलाती आवेस्ता

बाइबल कुरान झेन
पीटकों वेदों में उकेरे
एक ही जुबां की
बिना आंस पिरोए
चलते चलो
वहम सपने मन के
कुचलते चलो
मरते चलो
दफन होने तक
मरते चलो
और तुम भी
मेरे प्यारे रंगी साथी
मेरी क्लियोपेट्रा
पर्दा कर लेती हो
मेरी बेशर्म बेहयां हरकतों से
इन भेड़ों के झुंड में

क्या तुम्हे

मुझसे बिछड़ने का

डर नहीं लगता

2) नजरअंदाज

फटा फटा सा सर
उठता ऊंची पहाड़ी सा
ढहता बिखुरता
जैसे मकान ज़र ज़र
मन कलकल
लंबे प्रहर
कई तरंगें दर्द की
फिर से
फटा फटा सा सर
हकिमों की
दवाएं बेअसर
दीवार तस्वीरें दुवाएं
उपरी उपर
मां बीवी भी
उतारे नजर

सब बेअसर

और फिर से

फटा फटा सा सर

फूटा सपना

छुटा अपना

होशो हवास में

बुन न पाया वह

धोखा फरेब बेशर्मी

भरा सिनेमा

खयाल यही बस

सर आंखों पर

और फिर

फटा फटा सा सर

3) नारी की साडी

जीतनी लंबी

तेरी साडी

उससे लंबी

जिम्मेदारी

पोछा आंगन

दी तरकारी

थके मर्द की

सुलगा दे बीडी

चिमटे बीच

लिए अंगारी

रात अंधेरी

सास अघोरी

नारी नारी

बीच दरारी

अवलादों लो

भरो उभारी

उलझी सुलझी

मां अब

पगली भारी

नित रीत जगत

बडा अनूठा

बूढ़ी नारी अब

यार भी रूठा

याद करती

युवा किलकारी

जीतनी लंबी

तेरी साडी

उससे लंबी

जिम्मेदारी

4) रूठन का रुदन

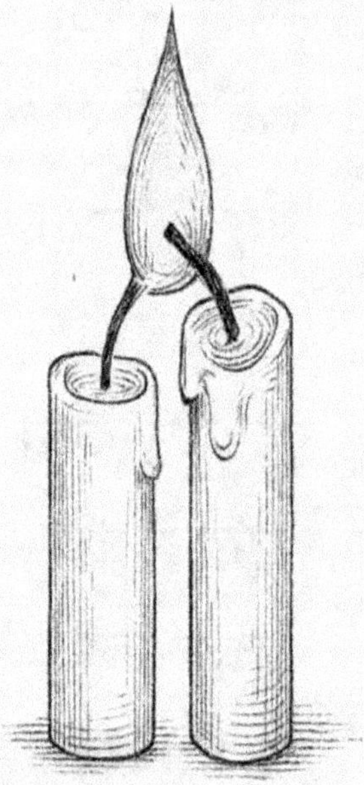

कैसी मन बीच
व्यथा है पायी
बड़ी भीड़ में
क्यों तनहाई
चहल पहल
सब आगे पीछे
कहो पिया क्यों
मुझ से हो रूठे
नजर झुकी क्यों
क्यों सांस फुलाई
चाल भी ढीली
क्या मोहिनी छायी
छूपकर किसी ने क्या
कोई मंत्र सुनाया
कह ना पिया तू
क्यों है खोया खोया

सुबह तलक तक
ना बदली करवट
सुनी रात थी
ना अंधेरी खटखट
खुली पलको में
क्या कोई समाया
कह ना पीया
क्यों गुमसुम साया
अब जब मेरा
दम है घुंटे
क्या कान बीच
घुंगरू झूठे है
हट रे देवरानी
हट बहनोई
सब गैर तुम
न समझे सच्चाई

नजरो की डगरी
है पिया पे छाई
पर्दे के पीछे से
डाकन थी आयी
जला आंग अब
दे सुलगा गगरी
किसने पिया बीच
नजर है भर दी
रूठा सजना
न देखा जाए
खाली हृदय है
शोर मचाएं

5) उत्क्लेषित वक्त

यह कैसी कोशिश

हे घड़ी

दिन रात कैद

करने की तेरी

हां चलेगा कोई बाबू

शायद घड़ी तुम्हे

अदब से भापकर

पर एक सच्चा साधु

नहीं रुकेगा घड़ी

तुमने फैलाई बांह भी तो

जब तलक

बहुओं में दम है

और मस्तिष्क में

शिकन है

चलते रहेगे कई कदम

घड़ी तू बस वहम

तुम होगी किसी

कलाई की रौनक

पर रोक न पाओगी

ताउम्र जवां हसीन

हसरते और चाहत

जो हर शाम

देर रात गुल खिलाती

मैफिलो में

खुले हृदय से

पीते झूमते रहें है

पैरों तले जमी

खिसकने तक

हे घड़ी तुम

हमाम में

नाकामयाब रही तो हो

कई इत्रों की

हवा होने तक

क्या किसी ने

ताका नापा है तुम्हे

तुम्हारी टिक टिक

बेजान है घड़ी

उन प्रेमी जोड़ों की

बेशर्म कवायतों में

मेरी भी कलम

लिखते चल पडी

बेझिझक

तुम्हे नजरअंदाज

कर घड़ी

तुम लिखे पढ़ो कि

यादगार हो

नौकरदारो की

हकदार हो

तुम सौतान हो

घड़ी

अब दिखी तो

नोच लूंगा हृदय तुम्हारा

सारी धरा पर

कई मनचलों नुक्कड़ों

और हुक्मरानों की

हरम कैद बेजान हो

घड़ी

तवायफ से अधिक

कोई ऋण नहीं

घड़ी तुम्हारा

6) आंस

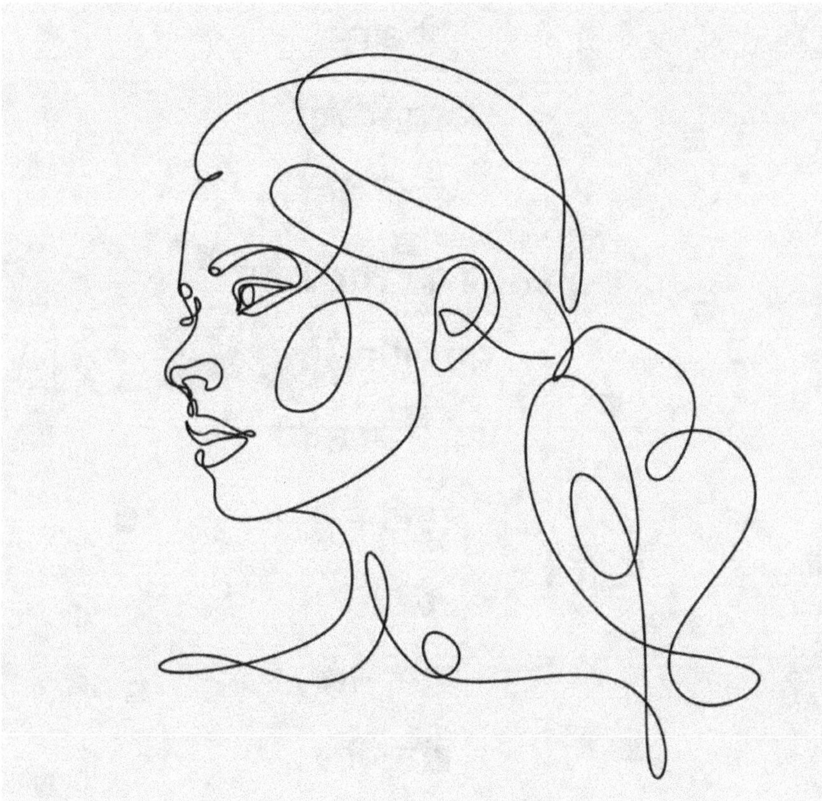

कम्बक्त जिंदगी में

क्यों होती हो तुम

हे आंस

न जाने क्यों

आंखों बीच

हृदय की आलेखों में

मन सागर बिंच

क्यों तरंग उकेरे

रहती है तू

हे आंस

कोई नहीं

पीठ पीछे

आसपास

क्यों नजर में

गली गांव शहर में

तेरा खामोखा ऐहसास

हे आंस

माथे पर

कामनशीबी

उम्र भर फिर

क्यों देती हो साथ

हे आंस

देखने पढ़ने

छूने लड़ने वाला

भला कोई

रहे ना रहे

अपना पराया

फिर भी झूठी

तसल्ली क्यों

दिलाती हो

हे आंस

अब भ्रांति छोड़ दे

जा निकल जा

कम्बक्त जिंदगी से

अब क्रांती छोड दे

ना कर फरेब

ना कर

श्रृंगार साज

बेवफा बेहया बेशर्म

बनने दे मुझे

बन तू भी

दे भर भर

हर प्याला

टूटने दे कांच

हे आंस

7) बेरंग

आज ऊंचे

बरामदे से

क्यों वह झांका

फकीर सां

उड़ा गया ख्वाब सारे

बिजली की

लकीर सा

बेमौसमी बरसात

थी वह

बेवजह क्या

भिगो गई

गुल खीलें थे यहां

जमी तले

भूला गई

झांकना यू किसी का

बिगाड़ यूं

तबस्सुम गया
अब लकीरें बदल गई
बिन आंसु कोई
रो लिया
कैसा यह
मुकद्दर खुदा
जमी आसमां जुदा
रफ्ता रफ्ता बादलों की
वह रजाई
बुनती रही
आज ऊंचे बरामदे से
अलविदा क्यों
कह गई
कैसी बदहवां चली
शहर गांव
गली गली

हसरत अली

सलीम चिश्ती

क्या नाम ले

वह कह गया

उड़ा जो आसमान में

धुवां कुछ गुबार सा

ना वह कुछ सुनी

ना मै कुछ कहां

फ़ासला दरार सा

बेहयां बेशरम

फकीर खींचता रहा

8) परिताप

सुबह सवेरे
किरण पसारे
तुम थी आयी
रूप निखारें
मन पखेरू
उड़ा गगन बीच
लियां हिंडोले
होले होले
तुमने झेले
उसने झेले
नयन नक्श के
सागर जो खेले
चल दी
जब थी
क्यों मुड़ी मोड़ पर
टूटा बंध जो
पुनः जोड़कर
क्या वह यहां
अपराधी है

पाया सजा

हर कदम आजतक

सागर जल कण

साक्षी है

खैर छोड़ो

मुंह न मोड़ो

अब ना गाओ

राग विलाप

रोने दो

कुंठित मन हृदय

पड़ा रहने दो

आत्मग्लानि और शाप

9) वहम

चल बापू

रोटी बोये हम

बरगद तुलसी

सब्जा

सब के सब है

वहम

कैसी साग

कैसा चावल

कैसी कुल्हाड़ी

कौन सा हल

बीन पानी

सब है अचल

बिन पत्थर कहा

घुंघरू की कलकल

चल बापू

आज ना कल

खसखस भी

बोये हम

कुछ फूंकेंगे

भर लेंगे नथूड़ो में

कुछ

खायेंगे

नई रोटी संग

पीड़न रुदन सब

मिट जायेगी

अनबन

कौन अब्दाली

कैसा गजनी

कौन बाजपेई

कौन कैसा मनमोहन

चल बापू

चल ना

रोटी बोये हम

10) गुरुजी

छत पर हवा से

बाते करता पत्रा

और पत्रे की

अर्श से

फर्श छूती

सूरज की किरणों में

तैरती रेत के

कनों संग

कभी खुशी

कभी उदासी से

कुछ सपने संजोगे

गुरुजी वह भी

हुवा था मगण

आप की

पाठशाला में

क्यों की

खेतों की खाक
जीवन की आंस
गुरुजी की
सफेद कमीज के सामने
फीकी जो थी
पर वह
डटा न रहा
परों का साथ
कटा सा रहा
फिर जिंदगी में
उड़ान कहा
बेरोजगारी का
सैलाब जो बहा
ना कमीज
सफेद हुई
बीवी की बेवफाई

ना पुनः कोई

पाठशाला

बाप बूढ़ा मटमैला

टूटा फूटा घोंसला

शाम सवेरे

बच्चन की मधुशाला

दिन में

वहीं सूरज

वहीं रेत के कण

रातों में

लालटेन और

धुंधला उदास उजाला

गुरुजी आज भी

याद है उसे

आपकी पाठशाला

11) मरी दायां, मरी मां

श्यायद दीया

श्यायद लालटेन

कुछ तो रहा होगा

दाया ने जब

चौखट में आकर

बच्चा हूवा

कहा होगा।

बंद कमरे में

ऊब चिरोते

झोंका हवा का

उसके

कपाल पर

बेझीझक हो

आया होगा

दायां ने जब
चौखट में आकर
बच्चा हूंवा
कहा होगा।

न जाने बाप
आंगन में रहकर
सुन किलकारी
क्यों
रोया होगा
दायां ने जब
चौखट में आकर
बच्चा हूवा
कहा होगा।

सास भी बहुं की

नजर उतारे

शूकर खुदा का

कहा होगा

दायां ने जब

चौखट में आकर

बच्चा हूवा

कहा होगा।

अब तो घर में

फूटी अलमारी

मां,बाप,दादी

याद अधूरी

कदम कदम पर

बड़ी उधारी

लड़खड़ करता

छत का पंखा

हर पल जैसे

लंबा घंटा

दवा दुवां और

दारू सारी

सालो बीते दायां

बीच कबर

बाजू हरियाली

प्रसव पीड़ा

और

सर अस्पताल

उठाये

बिलखती नारी

पियक्कड़ों ने

डिंग क्या मारी

बिजली से उजली

गलियां सारी

गुमसुम बच्चा
न दी किलकारी
ताक झोक
होकर भी सारी
श्यायद दीया
श्यायद लालटेन
कुछ तो उसे
याद आया होगा
मरी मां संग
एक बच्चा
दायां की याद में
बीन किलकारी
सोया होगा

12) अपाहिज ह्रदय

कह ना मां

बात है झूठी

रोटी कब है

बांसी होती

किसने देखा

उसे सांस फुलाए

बाप

की तरह

जान गंवाए

तवे संग वह

रह नहीं पाती

कह ना मां

बात है झूठी

अब जब कूड़ा

मै चुनने जाऊ

दिखे रोटी तो

साथ ले आऊ

तुम भी खाओ

मै भी खाऊं

क्यों सिकन मां

माथे पर हो लाती

कह ना मां

बात है झूठी

रोटी कब है

बांसी होती

13) पिपासा

मैने देखी

मटमैली चोली

रंग बिरंगी फूलोंवाली

जैसे हो

रानी की डोली

मैने देखी

मटमैली चोली

मुझ पर हंसा

चोली का धागा

कह दिया बेशर्म

मुझे अभागा

कहता सार ओ

ढहता भार हो

कहा

मन उसके

नहीं पिपासा

बोला मुझे मत

फेंको फांसा

जीवन मेरा

कठपुतली

मैने देखी

मटमैली चोली

रंगबिरंगी फूलों वाली

14) विलाप

आये पंछी

तावदान में

चुभे ना कोई दाना

इसने उसने

सब ने परोसा

लाख लुभाया

दिया भरोसा

फिर भी ना

कोई माना

पंछी पूंछे

कहां है यार पुराना

अब जब यार

बिछड़ चुका है

हम सब से वह

मुकर चुका है

आसमांन में

बिखर चुका है
घर में कुछ
ख़ाक है बाकी
तस्वीरों की
झलक जरासी
सुन रे पंछी
पंख है तेरे
नाप आसमा
भोर सवेरे
मिले तो वापस
ला होले होले
कर हठ
कह चल
परोस दाना
रुकी सांस है
झूठी आंस है

कई आंखो में रोना

रुठन झूठन से

उसे मनाना

ना माने गर

मुझे बुलाना

ढूंड रे पंछी

कहां है यार पुराना

कहना कल फिर

चुनना है दाना

15) सीपहसालार

रोटी कभी सवाल
बनी नहीं साहब
जज़्बात सवाल बने
वह खुद
सीपहसालार था जहां
उसके भरोसे
सांस लेने वाले
हुक्मदार बने
जो गोदाम था
दिल
सीपहसालार का
अब संकरी गली है
भले गई लौं
आखों की
पलके कुछ
गीली है

रोटी कभी सवाल
बनी नहीं साहब
बस उलझन
पहेली है
कई परदों के भीतर
रोशन हुवी
जो मुस्कराहटे
सीपहसालार से खिली है
रोटी कभी सवाल
बनी नहीं साहब
न जाने क्यों
उलझन मनचली है

16) आज दूर तलक मैं

कई मोड़,मुकाम

छूट चुके है

कुछ सपने जो

टूट चुके है

न दे आवाज

न कर

शर्मसार

थोड़ी आंस

पिरोई है

अस्थि मेरी

बहाए कोई

मन उलझी

सिलाई है

आज दूर तलक मैं

सालो पहले

संगी बावले
ज्यादा तर थे
नहीले दहिले
याद नही
मैं भागा किस
और
गांव, गली
ना परछाई छोर
हां
कुछ लौ
पिरोई थी
सुनना जरा
क्या वे
रोई थी
गुमसुम बैठें
नाक नक्ष संग

टूटी मेरी

कलाई थी

आज दूर तलक मैं

दबा पड़ूंगा

बरगद, बबूल

या

इमली छांव में

बिननापे

आसमां तले

शायद

आवारा कुत्तों

की बांह में

सम्हाल आना

गल - सड़ाने वाले किंट

नजर पड़े गर

राह में

न कर शर्मसार

फिर से

आवाज देकर

मटमैली

कतार में

आज दूर तलक मैं

17) क्यों

बावली होकर

बहे हवा

क्यों

सरसर कर

जंगल के

पेड़ो को

कई दानों की

क्यों धान उगाये

किसान

जब

खाने वाला वह

एक ही हो

क्यों उर अपना

डुबोए नदी

जब की

रेत पराई हो

क्यों बादल भागे
करने बौछार
जब की
धरती न्यारी हो
क्यों सजे
फूलों की लता
जब
तोड़ने वाला
माली हो
प्रसव पीड़ा में
क्यों मरे कोई
सुनने कर्कश
किलकारी को
हर पल तुम क्यों
आती याद हो
जब की बस

परछाई हो

तेरी गली से

वह क्यों

आये जाये

जब अब तुम

पराई हो

18) हे बारिश

यह कैसी चाह

यह कैसी जिद्द

क्यू पदचिन्ह

मिटाने की आंस

तुझे

हे बारिश

यह कैसा नक्श

कैसी बेहया

कितनी बेदर्दी

भयावह बादलों की

आवाज

बकवास तेरी

हे बारिश

तू कर रूदन

कंठ फाड़

लथपथ कपाल से

तिमिर में जली

लौ न बुझेगी

तुझसे

हे बारिश

बार बार बज़ी

है झुनझुन

पायलो की

झुग्गी झोपड़ी से

देख पुरखो की

जमीं में

लहलहाती फसल

और मुस्कुराती

आखों को

रुला न पाओगी तुम

हे बारिश

तंग गलियों से

महलों की रंगी

तावदानों तक

कई दुवाएं

जो पढ़ी गई

गिरिजाघर मंदिर

मज्जित और मकानों में

बहा न सकोगी तुम

हे बारिश

तू बेशर्म

सी बरस

कांट नोंच पीट

लाख ले अंगड़ाई

जमीं के सीने पर

आखिर तू

समां जरूर जाएगी

सागर जल संग

उलझाने वाली

लहरों के बीच

किसी बेवफा सी

हे बारिश

19) व्यथित कबाडी

गली गांव

शहर मुहल्ले में

गिनी चुनी माये बहने

खामोशी से खोई

कई कामों में

और

गली गांव

शहर मुहल्ले में

टकटक लगाती

बकबक करती

कई औरतें

वह जब कभी

देता है आवाज

देदो कबाड़

कबाड़ी बनकर

मंजर

कुछ अजीब सा

व्यथित सा

गली गांव

शहर मुहल्ले में

22) मूक मुस्कान

यहां सब
धूल और धुवां
न कोस कहकर
जिंदगी एक
जुवा
तपने दे
धूप को
धरती के
रूप को
बरसात आयेगी
सुखा जरूर
मन उसका
हरियाली लायेगी
प्रीत गीत
बेवफ़ा के
हृदय बीच

थोड़ा श्रृंगार

न ह्रदय से

पर आरपार

वहा

उस और

महल में

सज धज कर

रानियां चहचहांयेगी

रुक थोड़ा

खड़ा

होगा राजा

उतारे म्यान

भटकेगा

उसका भी

ध्यान

यहां सब

धूल और धुवां

न कोस कहकर

जिंगदी एक जुवा

21) जलपर्णी और वनमानुष

सागर में डूबता

वनमानुष

खोज रहा

जलपर्णी तुझे

ले कई लहरों के

झकोलें

जैसे अध बीच

भंवर फंसे

कैसी टहनी

कैसी शाख

नैया सैया

सारे उदास

यहां वहां

बस

जलचर सांप

बन जा नांव तू

दे अपनी बांह तू

हो जैसे

मन भावन

कयास

वनमानुष भी एक

सागर भी एक

जीवन मनगढ़न

पहेली

आखिरी में

सब की मिट्टी

सबकी राख

सागर में डूबता

वनमानुष

जलपर्णी तेरा

झूठा एहसास

22) अफ़सोस

सफर

हवाई सड़क सागरी

या हो

मन गढ़त लकीरों का

प्यारे सुंदर मित्र

हादसा

जरूरी

इंकलाब ही होगा

यक़ीनन

सारथी में

या किसी की

आरथीं में

क्यों यह

हाय उफ्फ की

सीसकिया

सुनती रही है

छत संग

चौंखटे चारदीवारिया

कमरे की

दीवारें बेजुबां

क्यों यह लगन

कोशिकाओं में

मिलनसार की

क्यों

झुर्रियों में सने

शरीर भी प्यासे

तेरे मन गढ़न

लकीरों में

और कुश्तित

आत्माएं आज

हंसती याद कर

तेरे यौवन की

ऐंठन

प्यारे सुंदर मित्र

सच कह

क्या तूने

कुंठित सांसों में

नहीं बिताया

यह जीवन

23) हादसा

सजी धजी

कितनी सरल

जान पडती हो

मोबाइल स्क्रीन पर

काफी लकीरें जो

उकेरे जा रही है

जवानी तेरी

छुपा लेती हो

मोबाइल स्क्रीन पर

तुम क्यों ढक लेती हो

नकाब मधुबाला का

जमीन का जमीर

छोड़ तोड़

क्यों खुद में

खुद का इंतकाल कर

इतराती हो तुम

मोबाइल स्क्रीन पर
यह नकल फरेबी
ठीक नहीं
समझ ना पाया तेरा
सोशियल क्लब वह
बेशरम बेवकूफ
न जाने क्या क्या
कहती हो जिसे
वर्चुअल दुनियां
सब बेजान माया
अब उसे
जागना होगा
काफी अरसा गुजर गया
मिले दिशा कोई भी
दूर भागना होगा
क्या कभी

उस नशीबवां पर

असलियत में

सजी धजी बेबाक

मोबाइल की स्क्रीन से तेरे

सवेरा होने तलक

कुछ रंग बरसे थे

www.ingramcontent.com/pod-product-compliance
Lightning Source LLC
LaVergne TN
LVHW010834051026
849532LV00007B/2705
* 9 7 8 9 3 6 4 3 1 3 4 9 0 *